¡La vida de Ergo empieza!

Cada vez más fuerte, hasta que...

¡CRAC!

A su alrededor solo oye el mismo sonido.

Mueve los dedos, bate las alas,
coquea con el pico y patalea con las patas
tan fuerte como puede.

Ergo mira la pared.
«LA VERDAD ESTÁ AL OTRO LADO»,
concluye.

TODOS TENDREMOS MIEDO A LOS DEMÁS,
NADIE SABRÁ SI SOMOS TODOS IGUALES.»

Esto sería muy triste.

«SI ESTAMOS TODOS ATRAPADOS POR LAS PAREDES,

Intenta hacerlo encajar todo,
pero no lo logra.

«NO SABER NO ES BUENO»,
piensa Ergo.

«HAY QUE PRESTAR ATENCIÓN A LO QUE SÉ», se dice. Se imagina otro mundo exactamente igual que el suyo.

el pico coquea
y las patas patalean.

Intenta pensarlo,
pero ve que
los dedos se mueven,
las alas baten,

Es otra cosa.

«NO SOY EL MUNDO»,

rectifica Ergo.

«PERO ¿QUÉ PUEDE SER?»

De repente,
algo...

¡PAM!

«NO SOY YO».

«PUEDO MOVER
EL MUNDO»,
afirma.

Es un gran pensamiento.

arriba y abajo.

Empuja la pared
y todo su mundo
comienza a rodar,
rodar y rodar

Entonces ve la pared.

«¿Y SI ESTO
ES OTRA
PARTE DE MÍ?»,
se pregunta.

«¡LO HE ENCONTRADO TODO!»

Es muy feliz.

«YO SOY
EL MUNDO
Y EL
MUNDO
ES YO»,

piensa.

Mueve los dedos, bate las alas,
cacarea el pico, estira las patas.

Y encuentra las patas. Quic, quic, quic.
Esto es todo lo que ha descubierto.

«¿SOY EL MUNDO?»,
piensa Ergo.

Es un mundo pequeño.

Encuentra las alas. Flap-flap, flap-flap.

Descubre el pico. Cloc, cloc, cloc.

Lo primero que ve son los dedos
de los pies. Se mueven.
Mueve, mueve, mueve.

«VAYA,
UN GRAN COMIENZO»,

piensa.

Y decide seguir explorando.

Ergo se despierta

y se prepara para explorar

el mundo.

Ergo

Alexis Deacon Ilustraciones de Viviane Schwarz

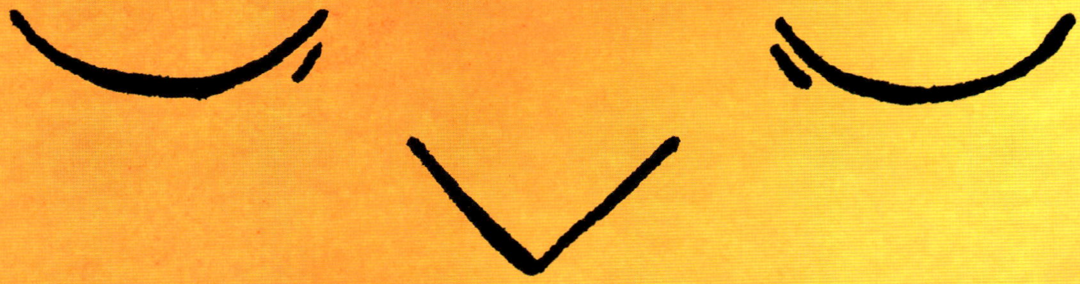

BiraBiro

Para Lara – A.D.

A todos los niños que se plantean
las primeras preguntas – V.S.

Título original: *Ergo*
Texto de Alexis Deacon
Ilustraciones de Viviane Schwarz
Primera edición: marzo de 2024

Impreso en China
ISBN: 978-84-127502-5-6
Depósito Legal: B 16819-2023

ERGO